EU ME CHAMO ANTÔNIO

Pedro Gabriel
intrínseca

EU
ME
CHAMO
ANTÔNIO

Eu me chamo Antônio e sou o personagem de um romance que está sendo escrito, vivido. A mão esquerda se levanta como se quisesse alcançar a altura inalcançável do pé-direito para pedir ao garçom mais próximo:

— Um chope, por amor!

É um botequim, sim. Tradicional. Com direito a balcão confuso, contas e mais contas penduradas, balas com validade quase vencida, charutos importados, promoções-relâmpago: pague um, leve dois; lave três, pegue dois, o fiel café de todo santo dia, a demoníaca chopeira a todo vapor, a chapa quente, a bandeja de frios, o cardápio de couro na mesa, o canário em coro na gaiola e centenas de palitos aflitos que esperam seu último destino.

É assim, nesse botequim,

Sem pretensão alguma de ser poesia

Que nasceu a minha poesia.

— Saideira!

Tim-tim!

Admito. Às vezes, bebo além da conta e a minha letra acaba perdendo um pouquinho de sobriedade também. Por isso, coloquei no final do livro a legenda de todos os meus escritos.

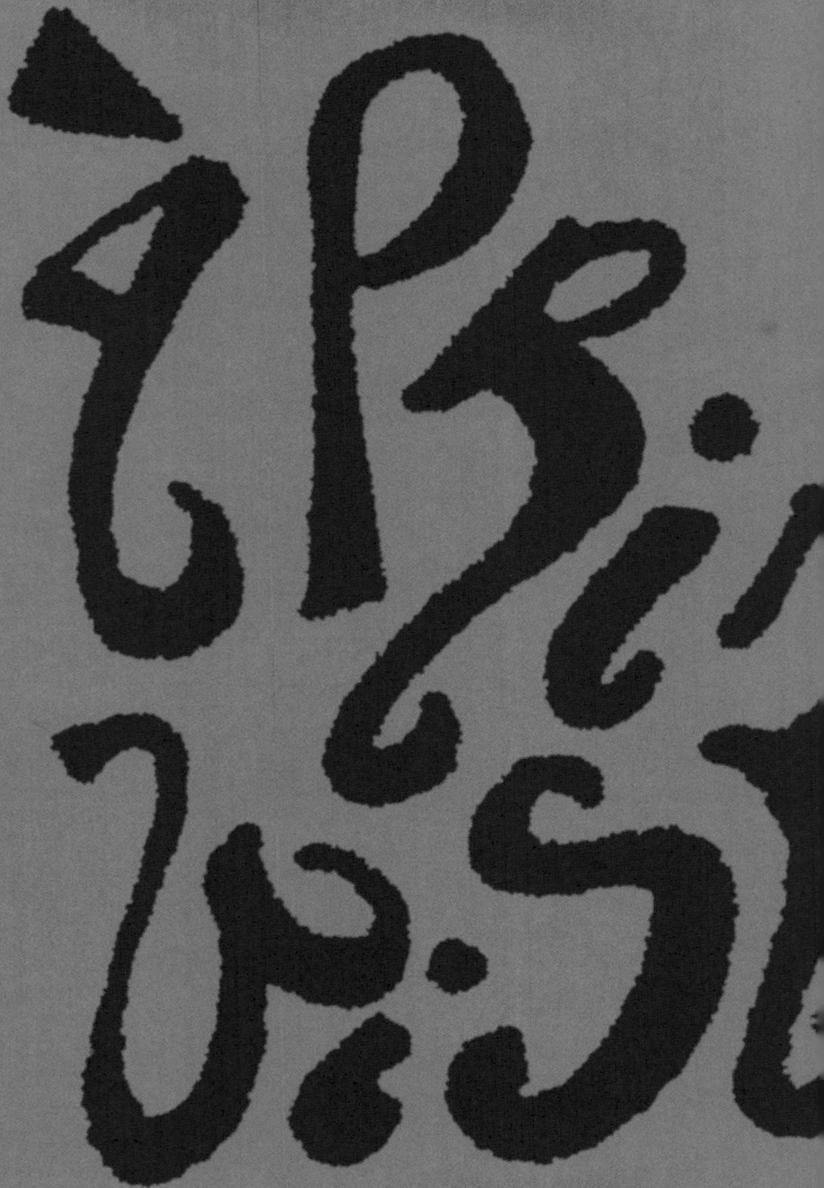

TIREI
A ROUPA
DO DIA
E A NOITE
FICOU TODA
LUA.

PASSEI DA MÁGOA PRO VINHO.

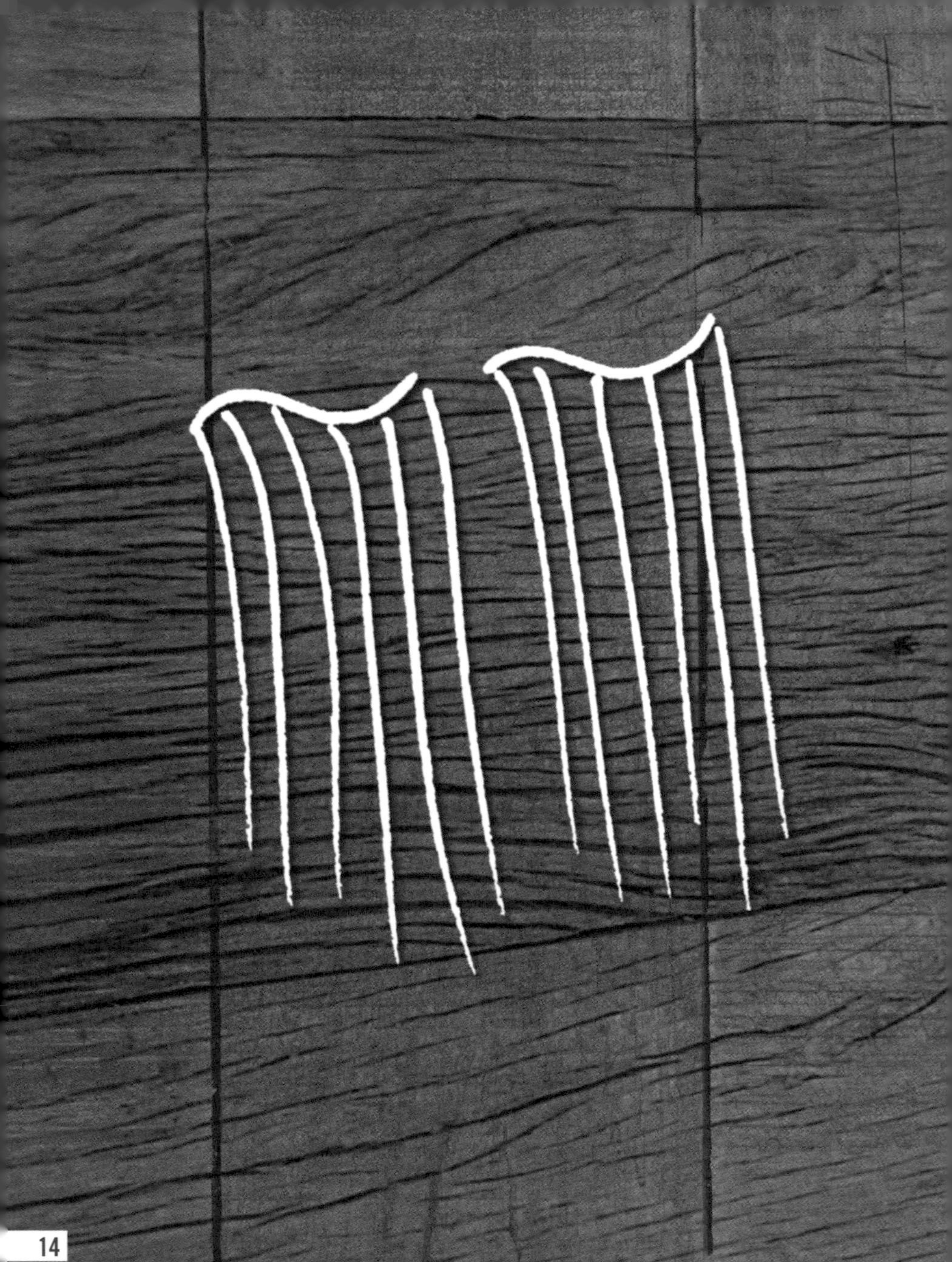

CORAGEM:
VOCÊ TEM CINCO MEDOS
EM CADA VÃO.

EU ME CHAMO ANTÔNIO
-OLÁ, COMO VOCÊ SE
?

SONHE ALTO.
O MÁXIMO QUE PODE
ACONTECER É VOCÊ
REALIZAR UM SONHO
À ALTURA.

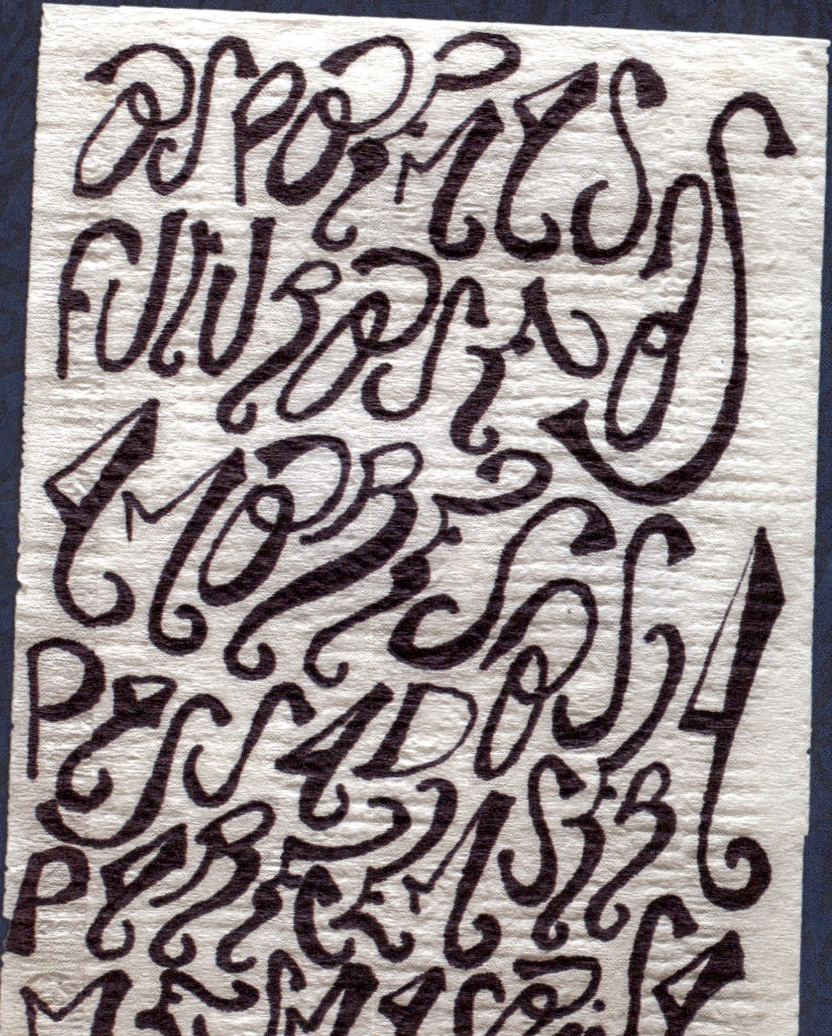
OS POEMAS
FUTUROS
AMORES
PECADOS
PARECEM SER A
MESMA COISA.

QUANDO VOCÊ ME
TOCA, É IMPOSSIVEL
PERMANECER
INTACTO.

ALGO ENTRE NÓS
ATIÇOU. TU ME ÉS
E EU
TE SOU.

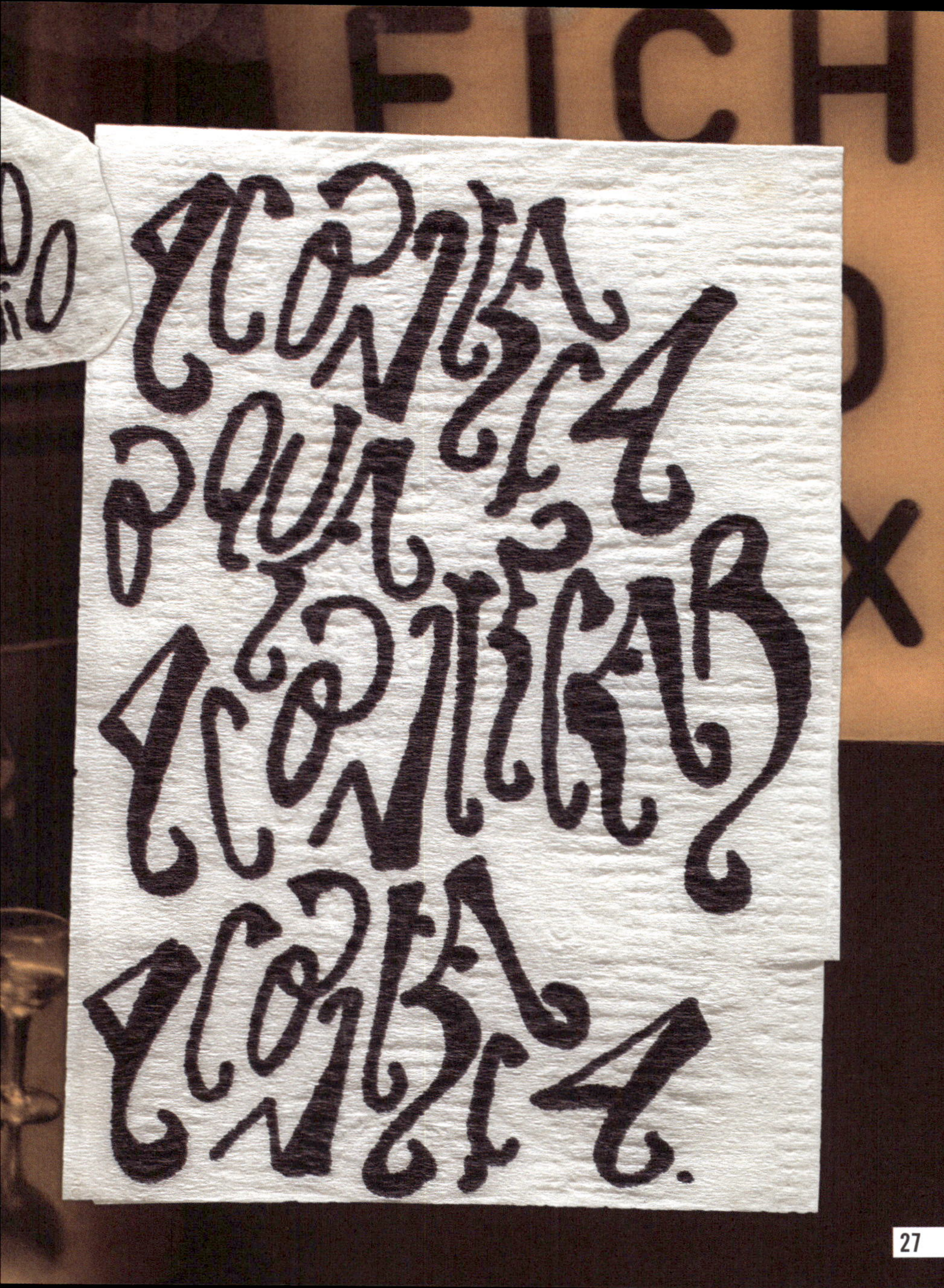

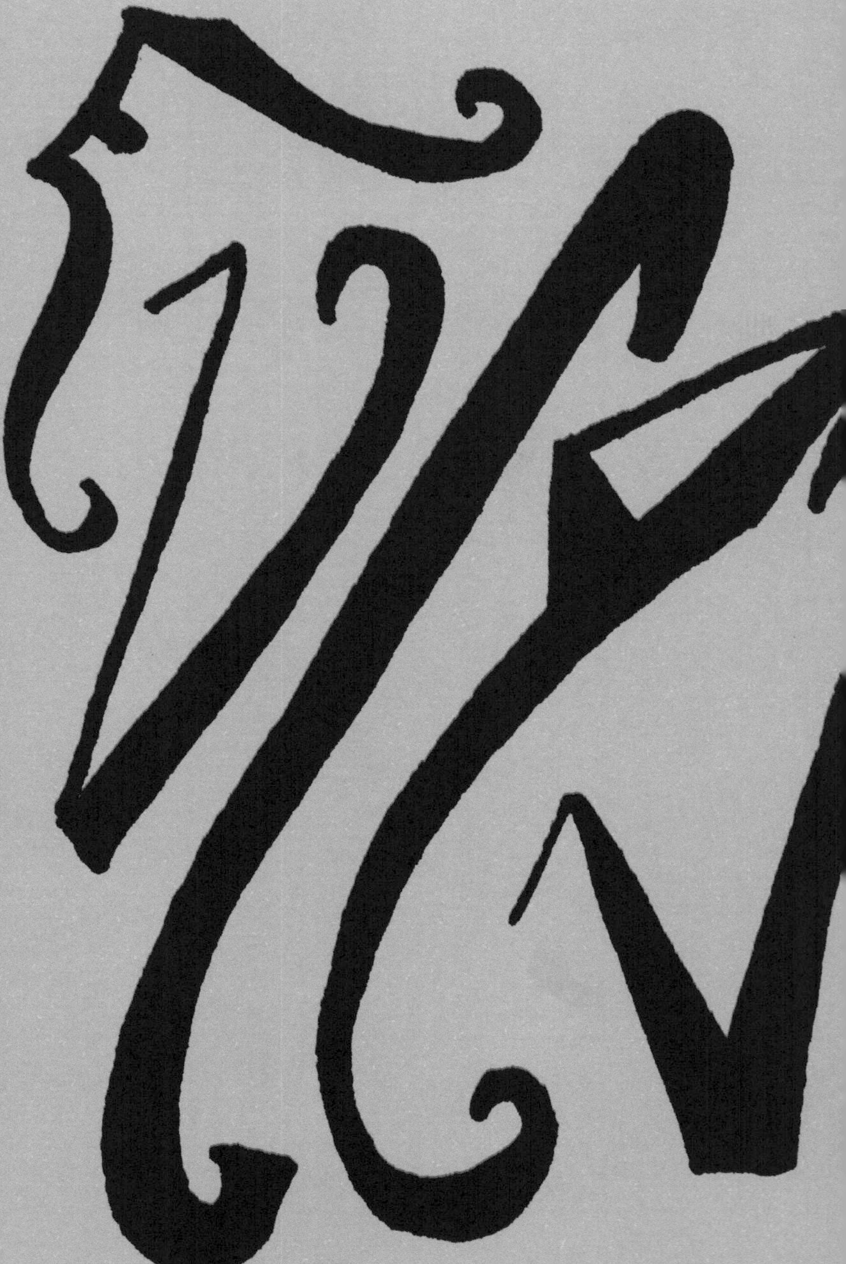

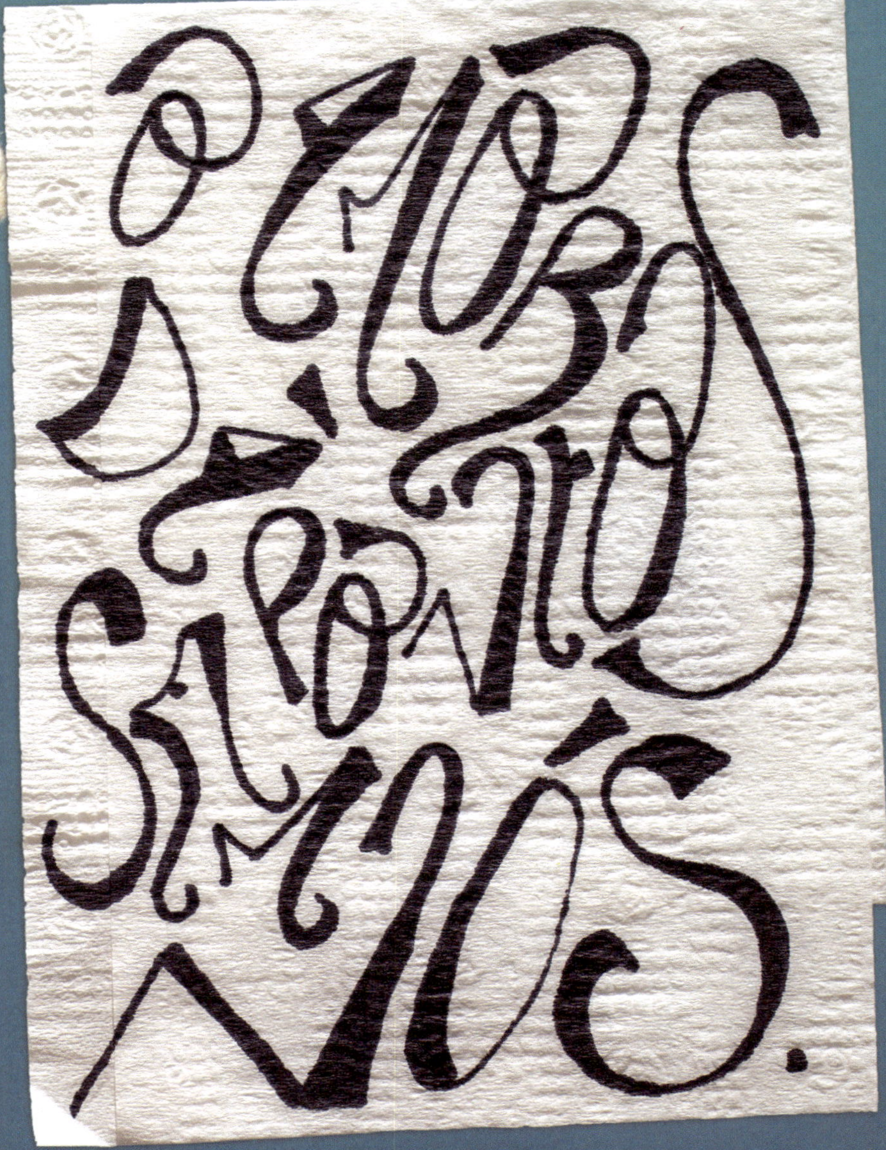

ENCANTADO

ENCONTRO VOCÊ

EM CADA

CANTO

ELA É BARULHO,
EU SOU
SILÊNCIO.
MAS A GENTE
SE AMA NA
MESMA
FREQUÊNCIA.

O AMOR
BONDE NÃO TEM
CABIMENTO.

EU TE AMO.
ORAÇÃO
SUBORDINA-
-DA A VOCÊ.

FEITO UM DEFEITO,
O AMOR CHEGA
E REALIZA SEUS
FEITOS

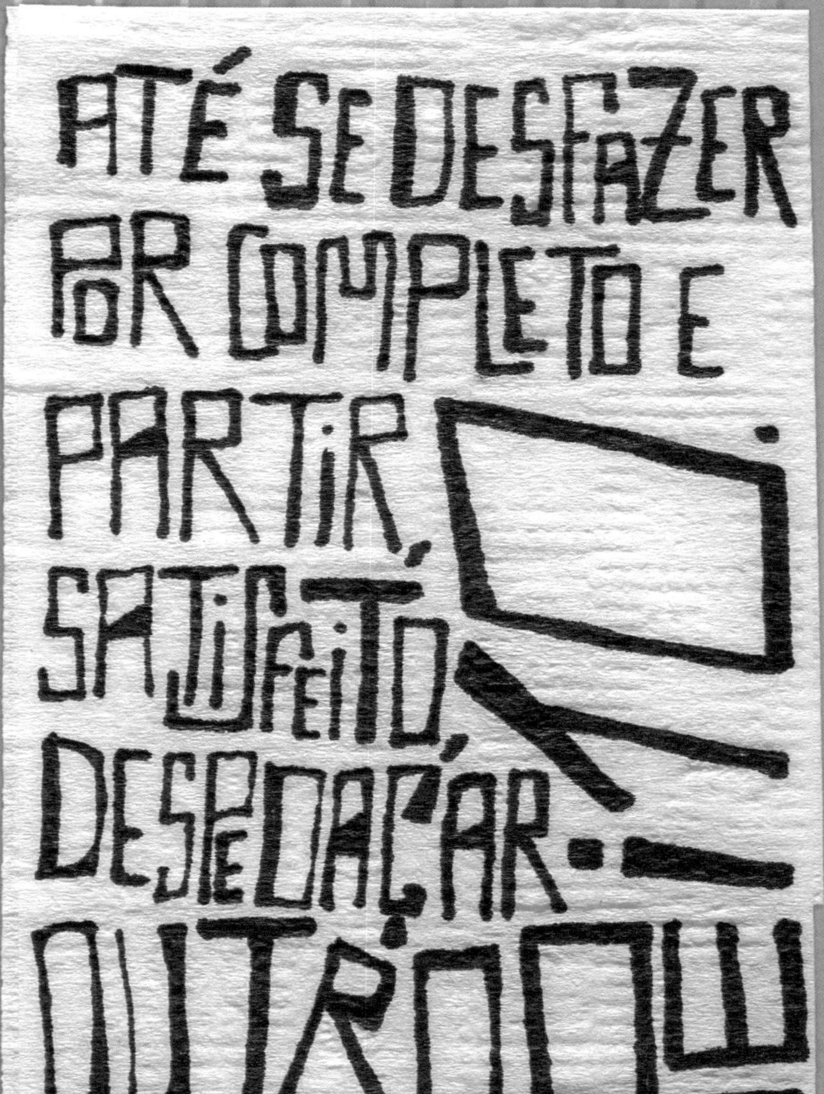
ATÉ SE DESFAZER
POR COMPLETO E
PARTIR,
SATISFEITO,
DESPEDAÇAR
OUTRO

GRANDES
AMORES SÃO
GRANDES
DÚVIDAS.
NÃO VIVÊ-LOS
É MORRER COM
GRANDES DÍVIDAS.

EU DIGO QUE AMO COM A MAIS ABSOLUTA INCERTEZA.

POESIA
É TUDO
O QUE NÃO CABE
NO POEMA

AH! SE TODOS OS ERROS FOSSEM LICENÇAS POÉTICAS...

QUANDO
O CORAÇÃO BATER,

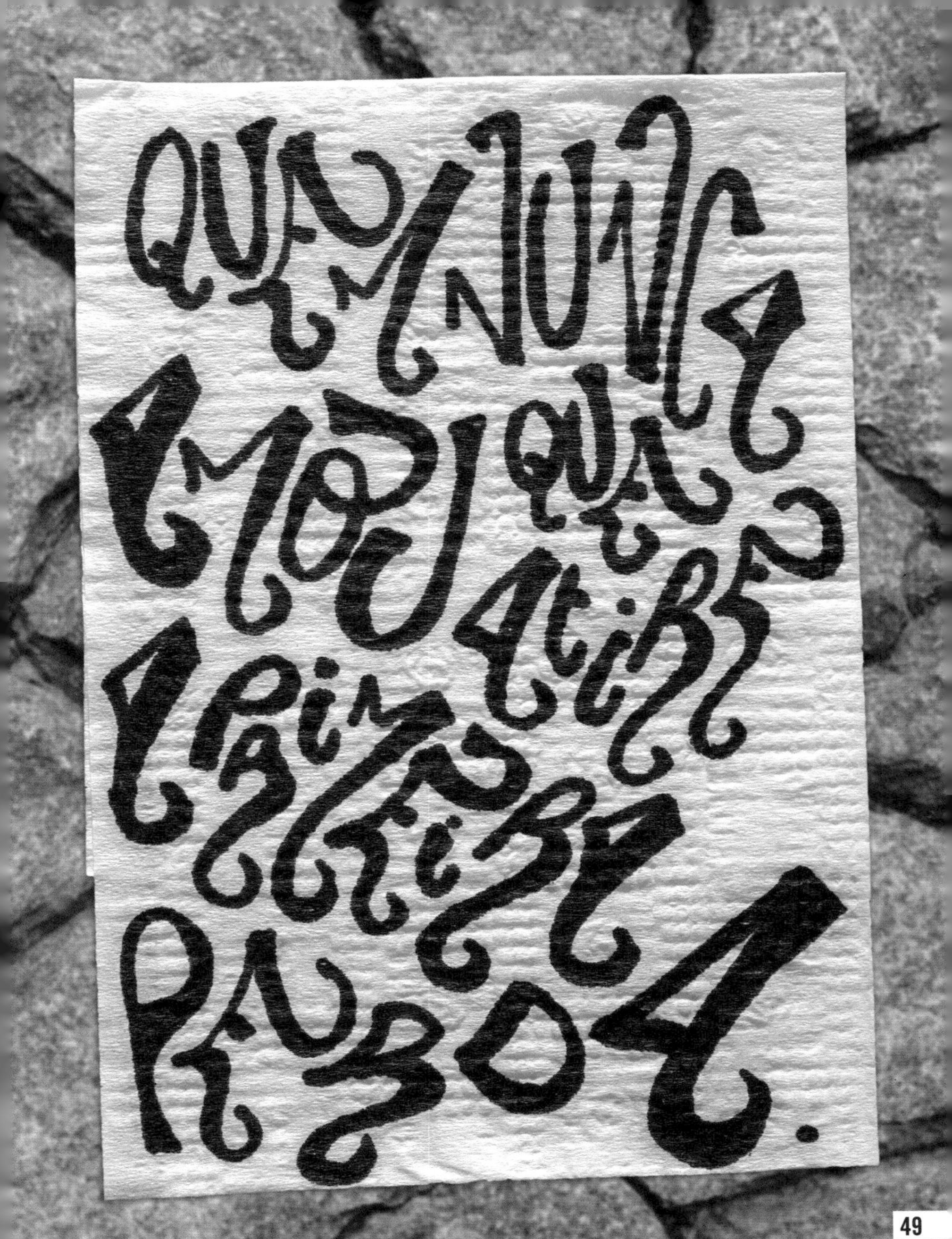
QUEM NUNCA AMOU QUE ATIRE A PRIMEIRA PEDRA.

NA DANÇA
DO AMOR:
DOR
PRA CÁ
DOR
PRA LÁ.

MUITA
ALMA
NESSA
HORA

LEVE-ME
O MUNDO
ANDA TÃO
PESADO

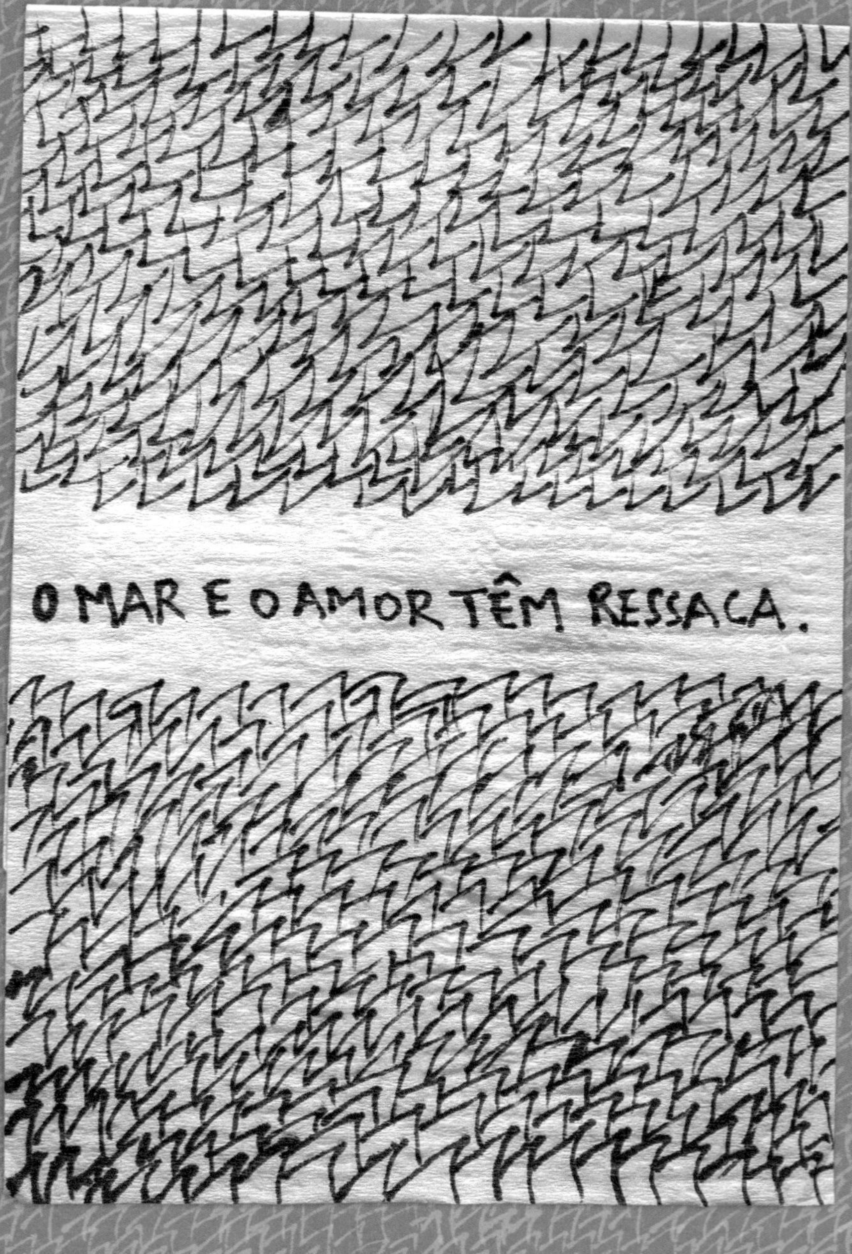
O MAR E O AMOR TÊM RESSACA.

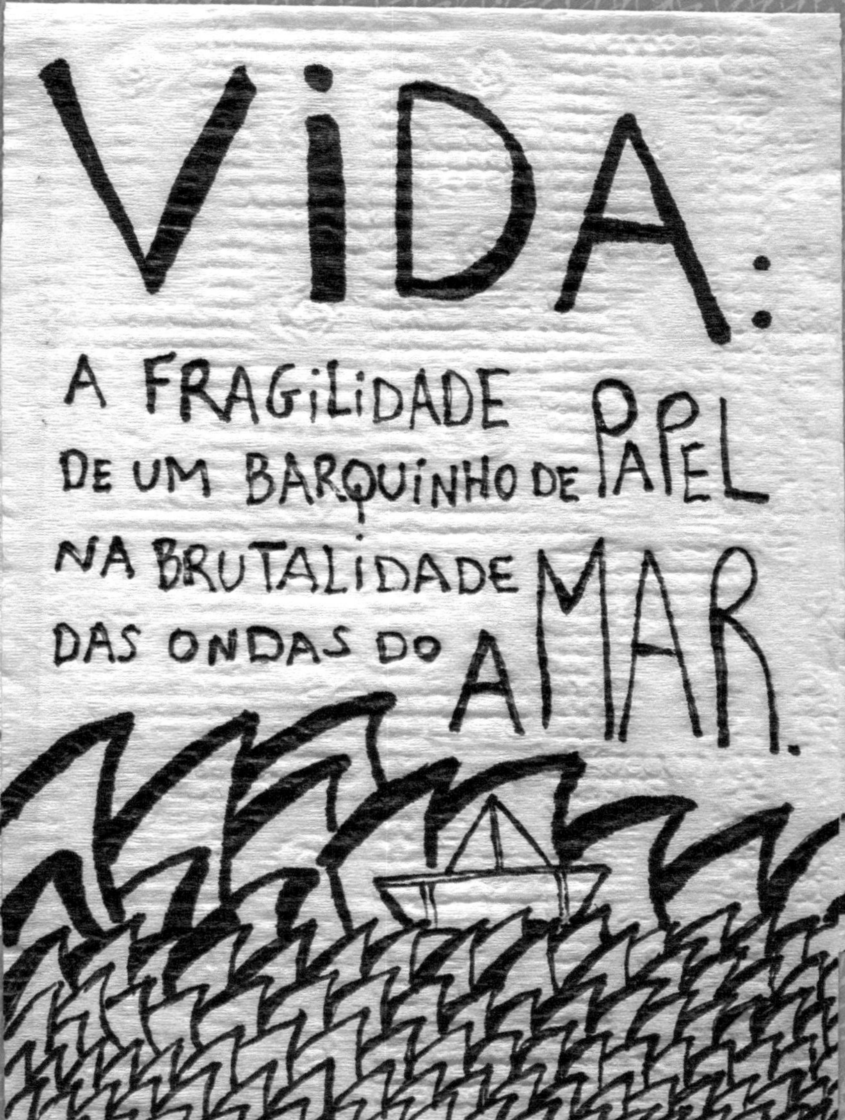
VIDA:
A FRAGILIDADE
DE UM BARQUINHO DE PAPEL
NA BRUTALIDADE
DAS ONDAS DO AMAR.

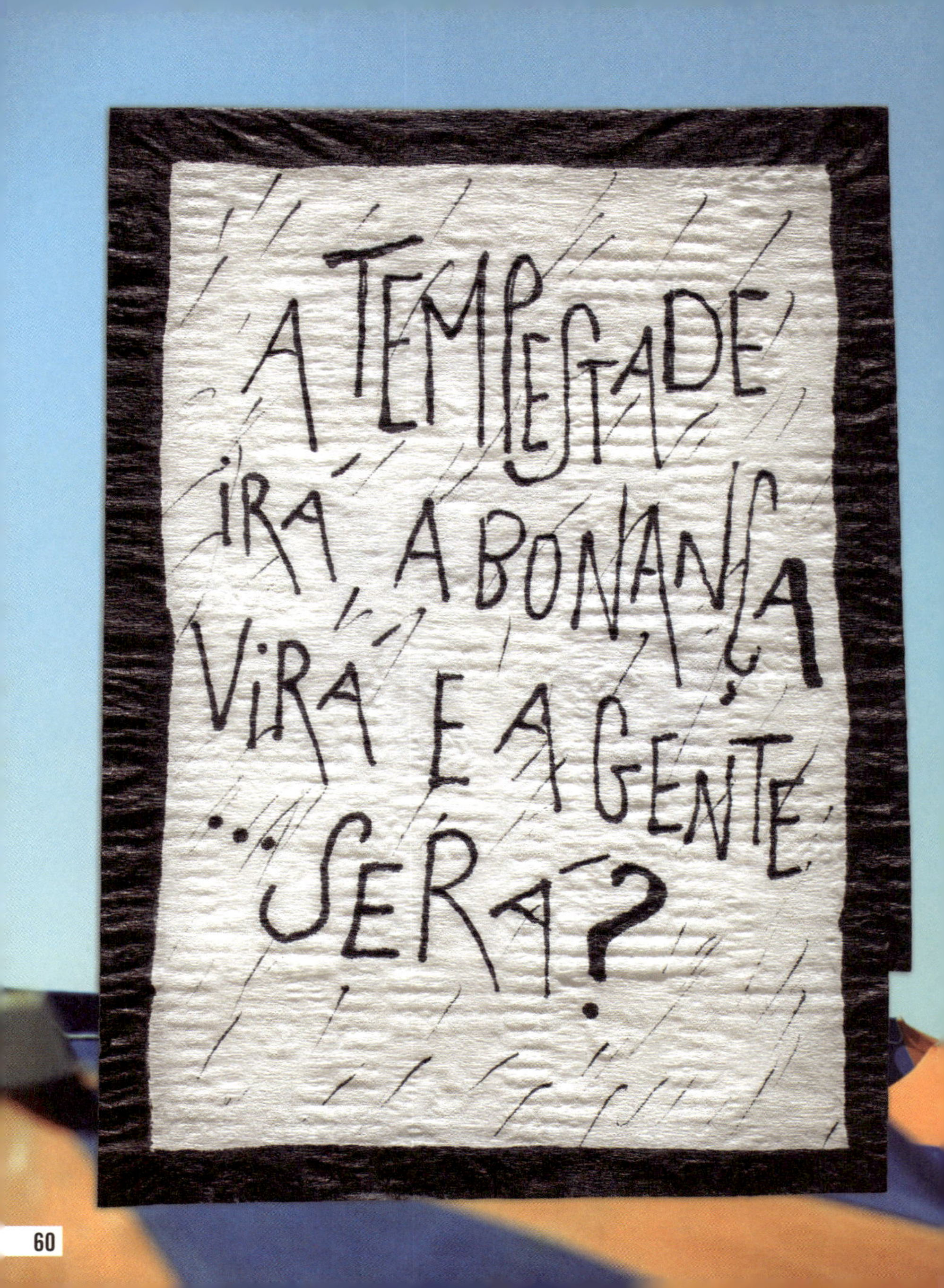
A TEMPESTADE
IRA A BONANÇA
VIRA E A GENTE
... SERA?

ESTOU PASSANDO POR UMA FRASE DIFÍCIL.

VOCÊ TEM: DÍVIDAS INTERMINÁVEIS, BRIGAS DESNECESSÁRIAS, AMORES INCOMPREENSÍVEIS.

MAS TEM
TAMBÉM UMA
ESPERANÇA
INESGOTÁVEL

É QUE
ÀS VEZES
PRECISAMOS
PERDER AMORES
PARA GANHAR
POEMAS.

CORAÇÃO NÃO FAZ SENTIDO SEM BATER CONTINUAMENTE.

QUANDO
VOCÊ SE
DISTANCIA,
LONGE
!!?
VOCÊ

VOCÊ,
DISTANTE,
DISTANTE
SOBRE
MIM.

EU ME CHAMO ANTÔNIO

QUEM FICA
FAZ ARTES
COM AS SOBRAS
DE QUEM
PARTE.

DEIXE
A PORTA ENCOSTADA
PARA QUANDO A SAUDADE
BATER UM POUCO MAIS
FORTE ALGUÉM POSSA
ENTRAR, OU SAIR.

EM SUMA
APAREÇA.

O AMOR SÓ
TERMINA
QUANDO NÃO
COMEÇA.

AMORES
ENGESSADOS
JÁ NASCEM
QUEBRADOS.

O AMOR
É UM
DIVISOR DE
MÁGOAS

ESTOU DIVIDIDO: O AMOR NÃO DEVERIA NOS JUNTAR?

ATROPELA
MEUS SONH
ALGUÉM AN
DA REALI

EU ME CHAMO ANTÔNIO
AM
S.
U A PLACA
ADE?

DESISTA.
MAS DESISTA
AOS POUCOS
PARA DAR
TEMPO DE NÃO
DESISTIR.

UM CORAÇÃO PARTIDO NUNCA VOLTA PRO MESMO LUGAR.

EU NÃO SOU AMARGO.
É QUE, ÀS VEZES,
A VIDA
ROUBA A NOSSA
DOÇURA.

PRIMEIRO PASSO PARA
SEGUIR EM FRENTE:
NÃO CORRA
ATRÁS DE QUEM
NÃO QUER
ANDAR AO SEU
LADO.

BEIJE NO QUE HOUVER.

EL TIEMPO

AS COISAS
VÃO MUDAR
POR DOIS MOTIVOS.
OU É MEDO
OU É TARDE.

EL TIEMPO

A vida já é curta
não prolongue
suas mágoas.

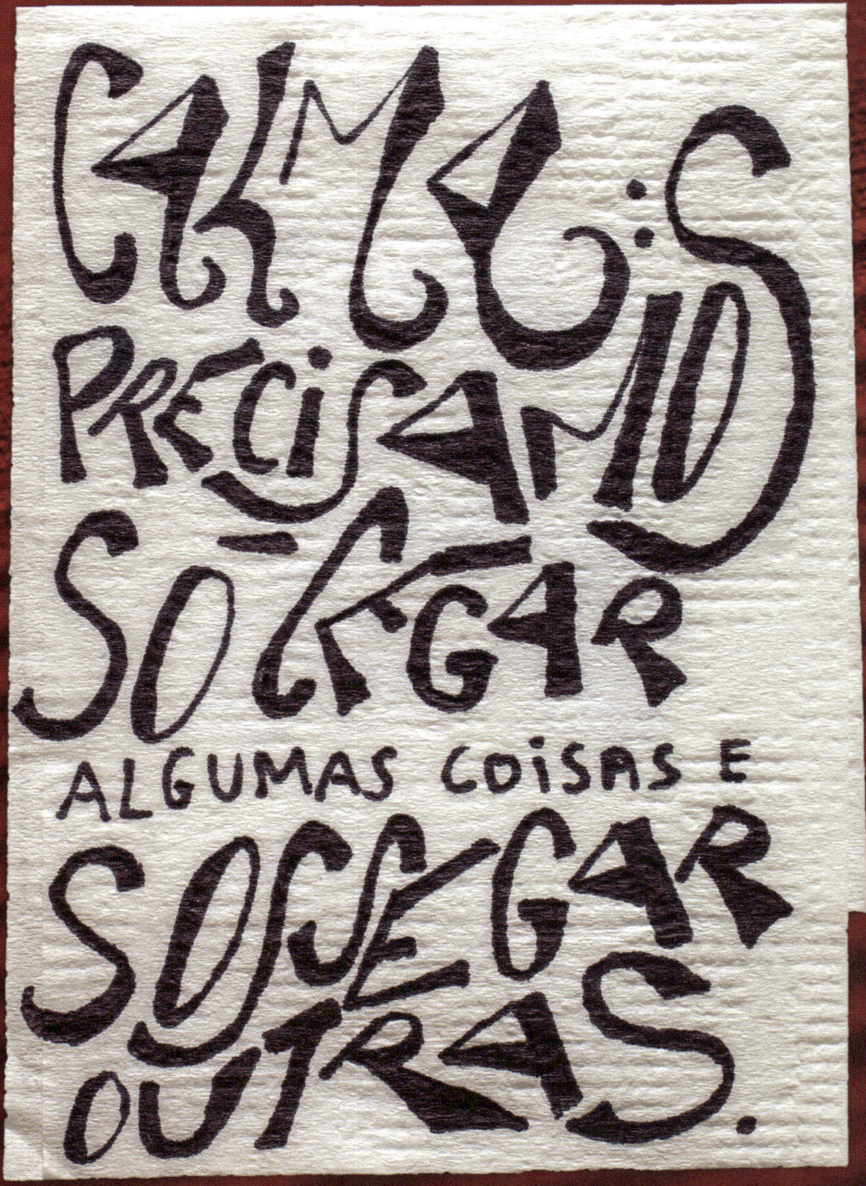
PRECISAMOS
ALGUMAS COISAS E
OUTRAS.

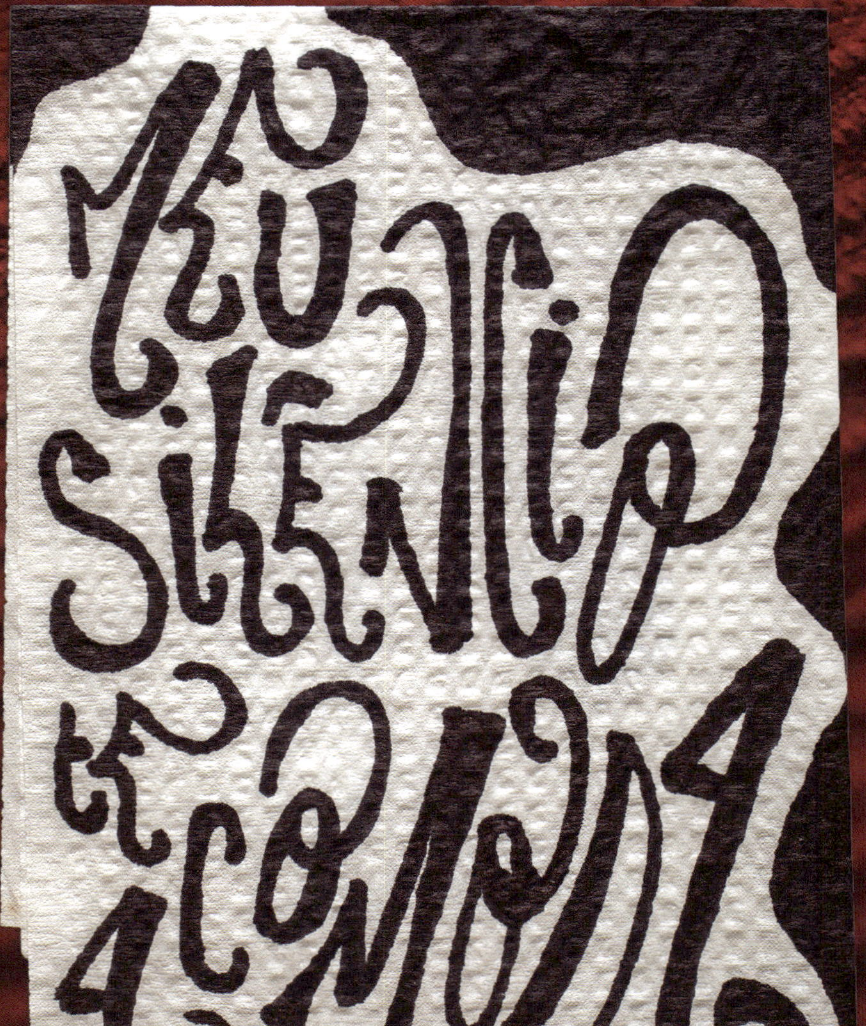
Meu silêncio te acomoda.

UM DIA, A LIBERDADE SERÁ TAMANHA
QUE ABRIREMOS AS NOSSAS ASAS
SEM FERIR NINGUÉM.

LiBE

AMOR:
ROUBAR BEIJO,
ARRANCAR SORRISO,
MATAR SAUDADES

ME AMASSE
COMO SE EU
TE AMASSE
TAMBÉM.

NÃO MARCO O QUE ME APAGA.

ETERNIZE AS SUAS MAIS BELAS LAMBANÇAS.

VOCÊ
CHEGOU
MAÇÃ E SALVA!
AGORA PODEMOS
PECAR EM QUALQUER
PARAÍSO.

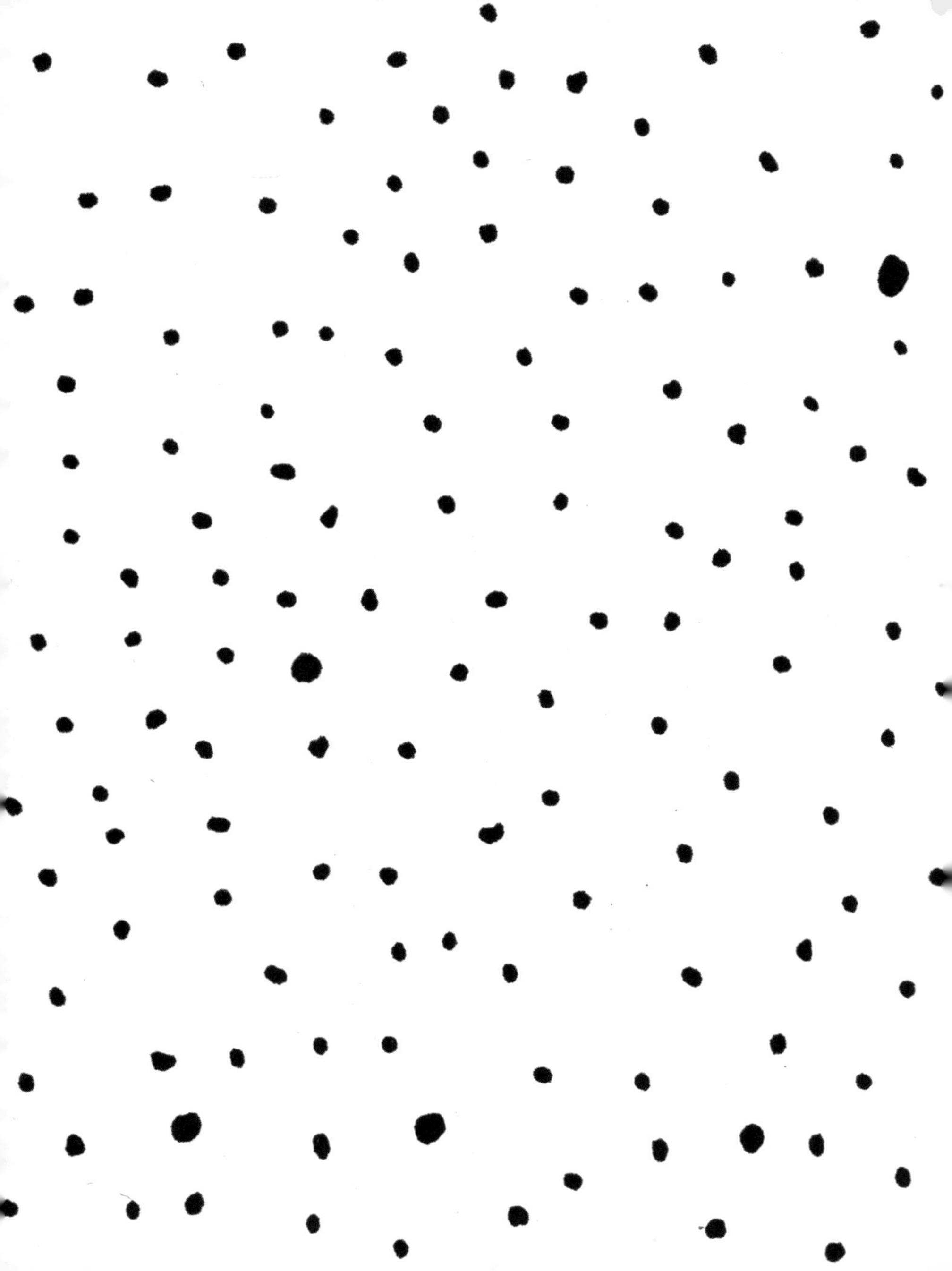

SEU AMOR É MEU
ATÉ CERTO PONTO.
MEU AMOR É SEU
ATÉ CERTO PONTO.
ENCONTRAR ESSE
PONTO É ENCONTRAR
ESSE AMOR
E PONTO.

QUANDO

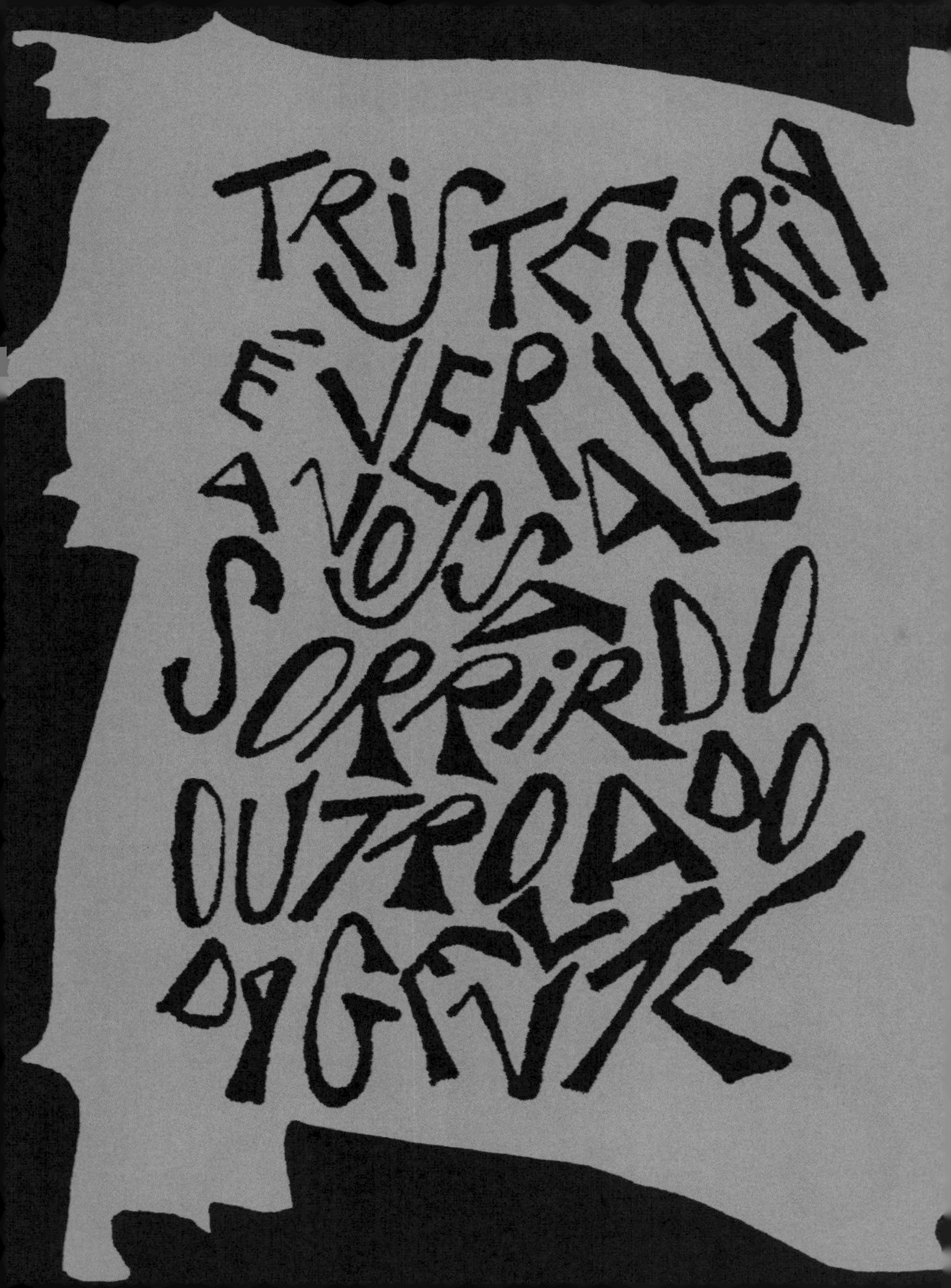
TRISTE
É VER
A ALEGRIA
VOSSA
SORRINDO
DO OUTRO LADO
DA GENTE

E NÃO CONSEGUI SORRIR DE VOLTA.

SER FELIZ É SEMPRE INÉDITO.

Pedra sobre
pedra erguemos
nossas
vitórias.

SE EU TE FIZ
SANGRAR,
ESTANQUE-
ME.

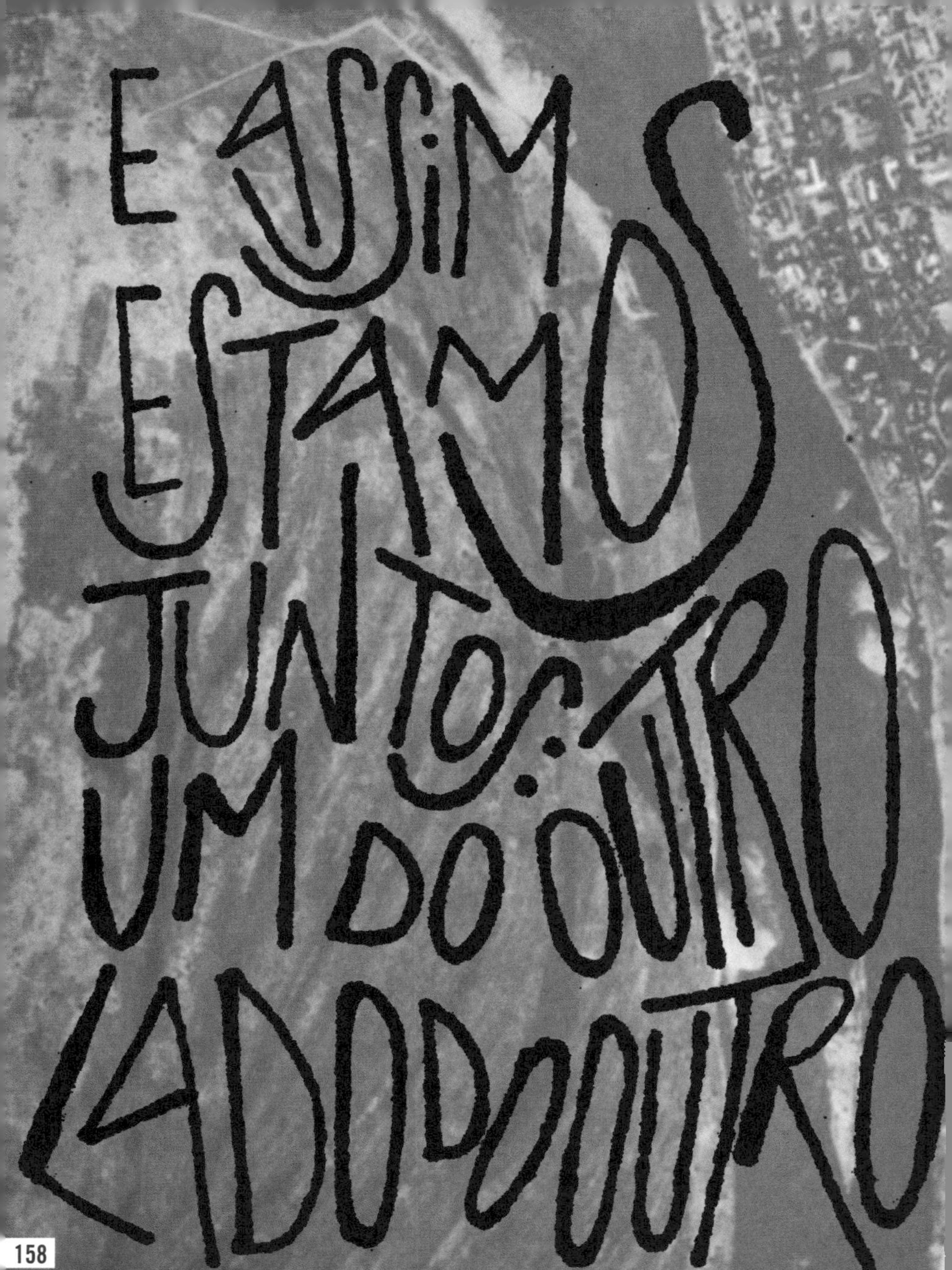
E ASSIM ESTAMOS
JUNTOS:
UM DO OUTRO
LADO DO OUTRO

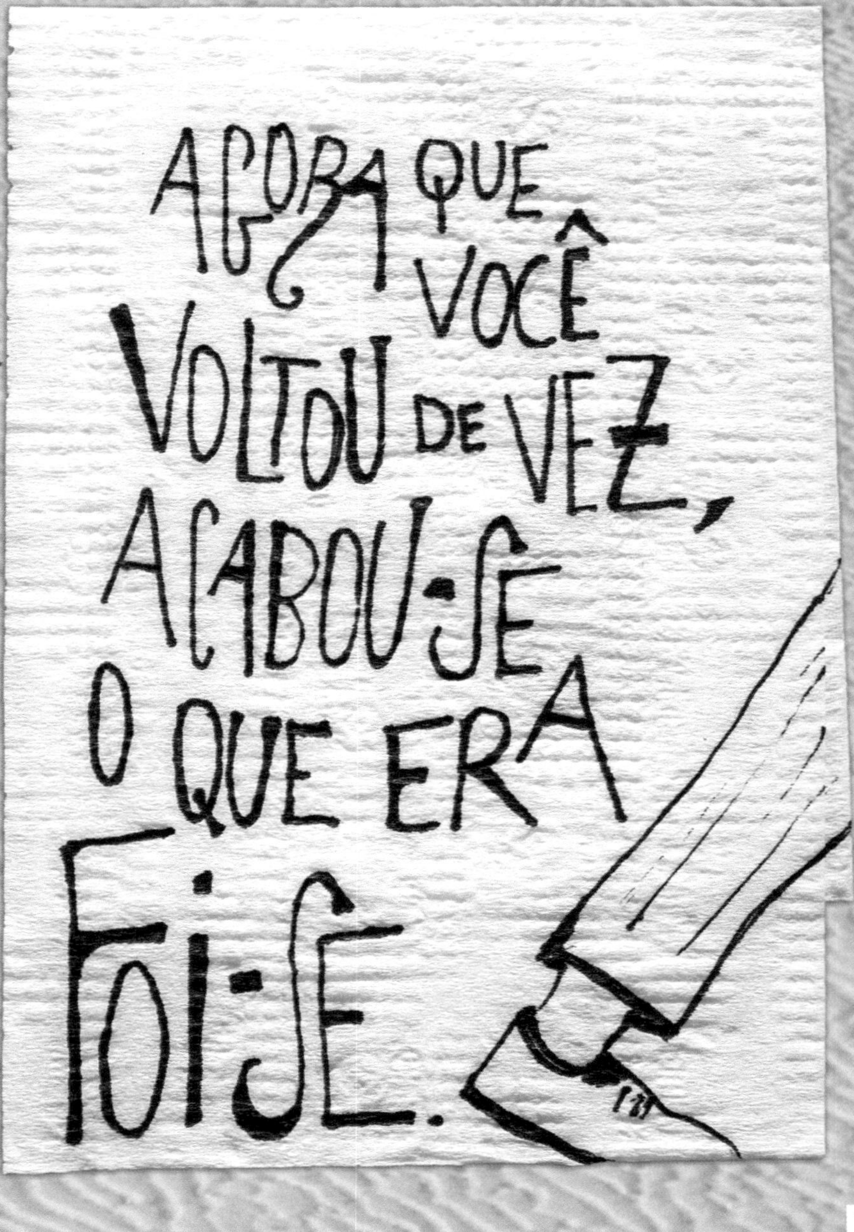
AGORA QUE
VOCÊ
VOLTOU DE VEZ,
ACABOU-SE
O QUE ERA
FOI-SE.

Quando você foi, não fez falta nunca mais.

EMBORA ME
FALTE PALAVRA,
ESPERO QUE
NADA MUDE.

É AMANDO
QUE A GENTE
SE ESTENDE.

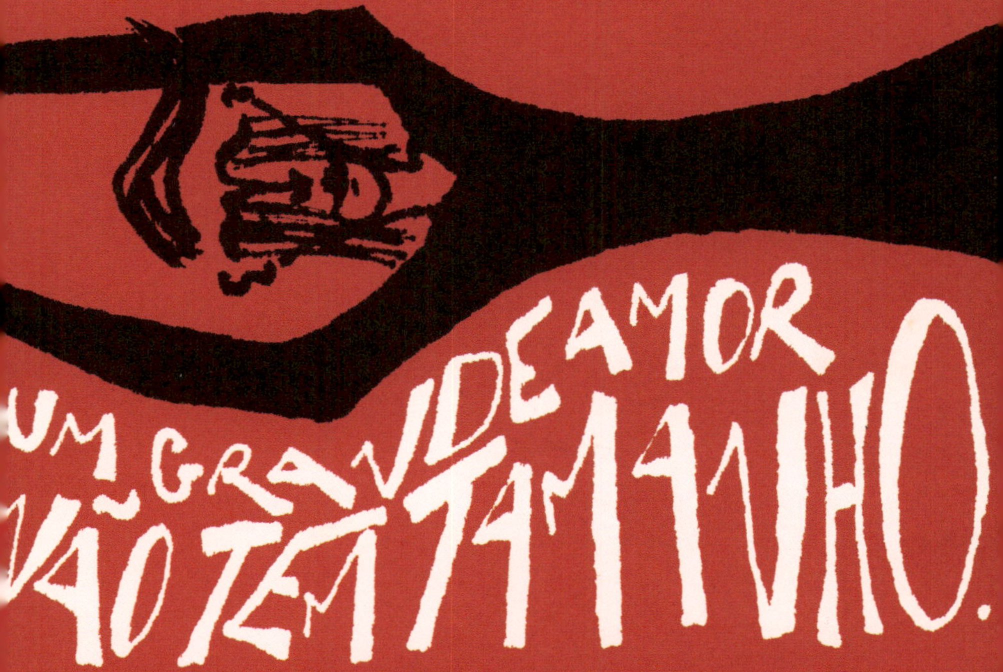
UM GRANDE AMOR
NÃO TEM TAMANHO.

NOTAS POÉTICAS DE NOTÁVEIS POETAS

QUEM FICA FAZ ARTES COM AS SOBRAS DE QUEM PARTE.
Café Lamas
RESTAURANTE
ENTREGAS EM DOMICÍLIO
EU ME CHAMO ANTONIO

SE VOCÊ NÃO
CONSEGUE VIRAR
A PÁGINA,
TROQUE O LIVRO.
EXISTEM TANTAS
HISTÓRIAS INTERESSANTES
ESPERANDO PARA SEREM
LIDAS, ESPERANDO
PARA SEREM
LINDAS.

Sumário

À PRIMEIRA VISTA

11 Tirei a roupa do dia e a noite ficou toda lua.

12 Passei da mágoa pro vinho.

15 Invista nos amores à primeira vista.

16 Coragem: você tem cinco medos em cada não.

17 — Olá, como você se ama?

19 De agora em distante, aproxime-se.

20 Sonhe alto. O máximo que pode acontecer é você realizar um sonho à altura.

22 Amores sempre vêm e vão, mas nunca vêm em vão.

23 Os poemas futuros e os amores passados parecem ser a mesma coisa.

24 Quando você me toca, é impossível permanecer intacto.

25 Algo entre nós atiçou. Tu me és e eu te sou.

27 Aconteça o que acontecer aconteça.

28 Finalmente você chegou pra gente começar.

ENCANTADO

32-33 Eu amo: há vida.

35 O amor não dá pontos sem nós.

36 Encantado, encontro você em cada canto.

37 Ela é barulho, eu sou silêncio. Mas a gente se ama na mesma frequência.

38 O amor cabe até onde não tem cabimento.

39 Eu te amo. Oração subordinada a você.

40 Feito um defeito, o amor chega e realiza seus feitos.

41 Até se desfazer por completo e partir, satisfeito, para despedaçar outro peito.

42 Grandes amores são grandes dúvidas. Não vivê-los é morrer com grandes dívidas.

43 Eu digo que amo com a mais absoluta incerteza.

ATIRE

46 Poesia é tudo o que não cabe no poeta.

47 Ah, se todos os erros fossem licenças poéticas.

48 Quando o coração bate, quem apanha as consequências?

49 Quem nunca amou que atire a primeira perda.

51 Na dança do amor: dor pra cá, dor pra lá.

53 Muita alma nessa hora.

54 Leve-me o mundo anda tão pesado.

FRAGILIDADE BRUTALIDADE

58 O mar e o amor têm ressaca.

59 Vida: a fragilidade de um barquinho de papel na brutalidade das ondas do amar.

60 A tempestade irá, a bonança virá e a gente... será?

62 Um coração bate tanto quanto apanha.

63 Estou passando por uma frase difícil.

64-65 Você tem: dívidas intermináveis, brigas desnecessárias, amores incompreensíveis. Mas tem também uma esperança inesgotável.

67 O amor é nobre demais para mendigar.

68 É que, às vezes, precisamos perder amores para ganhar poemas.

RETIRADA

73 Coração não faz sentido nem bate continência.

74 A saudade só deveria bater em retirada.

75 Amar em paz exige um coração desarmado.

76 Quando você se distancia, longe você vai?

77 Você, distante, diz tanto sobre mim.

79 Quem fica faz arte com as sobras de quem parte.

80 Deixei a porta encostada para quando a saudade bater um pouco mais forte alguém possa entrar, ou sair.

81 Em suma apareça.

83 Quando a chuva cai quem apanha os pingos nos ais?

85 O amor só termina quando não começa.

87 Amores engessados já nascem quebrados.

CORAGEM

90 O amor é um divisor de mágoas.

91 Estou divido: o amor não deveria nos juntar?

92-93 Atropelaram meus sonhos. Alguém anotou a placa da realidade?

94 Tenho derrotas para dar e vencer.

95 Desista. Mas desista aos poucos para dar tempo de não desistir.

96-97 Vida: do parto ao partir.

99 Um coração partido nunca volta pro mesmo lugar.

ACORDA

103 De não em não o amor enche o saco.

104 Eu não sou amargo. É que, às vezes, a vida rouba a nossa doçura.

107 Primeiro passo para seguir em frente: não corra atrás de quem não quer andar ao seu lado.

108 Sonho doloso: aquele com intenção de acordar.

109 Coração culposo: aquele sem intenção de amar.

110 Eu era. Tu eras. Nós erramos.

111 Antes de me julgar, condene-se.

112 Reviravolta revolta vira.

113 Reaja no que houver.

115 As coisas não mudam por dois motivos. Ou é medo ou é tarde.

117 A vida é curta. Não prolongue suas mágoas.

FUTURO, APRESENTE-SE

120 Calma: precisamos só cegar algumas coisas e sossegar outras.

121 Meu silêncio te acomoda.

122-123 A palavra nasceu da necessidade de falar. O silêncio ainda está em gestação.

125 Parto para renascer.

126 Um dia, a liberdade será tamanha que abriremos as nossas asas sem ferir ninguém.

LIBERDADE

130-131 Amor: roubar beijos, arrancar sorrisos, matar saudades. E responder em liberdade.

133 Me amasse como se eu te amasse também.

134 Não me apego ao que me apaga.

137 Eternize as suas mais belas lambanças.

138 Você chegou maçã e salva. Agora podemos pecar em qualquer paraíso.

140 É amar ou largar.

143 Seu amor é meu até certo ponto. Meu amor é seu até certo ponto. Encontrar esse ponto é encontrar esse amor e ponto.

144-145 Quando eu dormia menos, sonhava mais.

146-147 Triste é ver a nossa alegria sorrir do outro lado da gente e não conseguir sorrir de volta.

148-149 Ela chorou pra mim. E eu sorri de volta.

150 Ser feliz é sempre inédito.

152 Perda sobre perda erguemos nossas vitórias.

153 Contrarie-me, mas não seja contra o meu riso.

DESPERTE

157 Se eu te fiz sangrar, estanque-me.

158 E assim estamos juntos: um do outro lado do outro.

160 Impreciso de você.

161 O que é meu está amado.

163 Encontrei um lar nos seus sonhos. Por favor não desperte.

164 Finalmente você voltou pra gente recomeçar.

165 Agora que você voltou de vez, acabou-se o que era foi-se.

166 Quando você for, não falte nunca mais.

167 Embora me falte palavra, espero que nada mude.

168 É amando que a gente se estende.

169 Um grande amor não tem tamanho.

LEVE-ME
O MUNDO
ANDA TÃO
PESADO

PODEMOS
EM QUALQUER
LARGAR

Ninguém faz nada sozinho. O processo criativo pode até ser solitário, certo. Mas o pré-processo criativo é sempre uma parceria com a vida que levamos, com os amigos que encontramos, com os poetas que lemos, com as músicas que ouvimos, com as conversas que tivemos, com os chopes que bebemos, com os amores que deixamos ou nos deixaram pelo caminho.

Portanto agradeço:

À minha família, por me dar todas as condições de poder sonhar. Especialmente meu avô, a pessoa mais gentil que pisou neste mundo.

À Intrínseca, por me dar todas as condições de publicar o meu sonho.

Ao Lamas, pelos guardanapos (e noites) em branco que me fizeram exteriorizar esse sonho.

Márvio, muito obrigado pelo primeiro emprego. Janaína, muito obrigado pela primeira entrevista. Heliene (Madame Tutu), muito obrigado pela primeira ex-

posição. Roberta e Paula (Amentecapta), muito obrigado pelo primeiro vídeo. Liana, muito obrigado pela primeira matéria impressa.

A lista continua:

Livia de Almeida, Rafael Villela, Júlia Murad, Priscilla Bello, Fabiano Ramos, Rogério Marçal, Marco Chin Chan, Talita Cardoso, André Tavares, Nathalie Noël, Mariana Soares, Thierry Moraldo, Lourenço Duque Estrada, Thomazinho, Amanda Rocha, Plano/B, Pulselibre, Bruno Nadkarni, Dona Penha, Walter, Ary, Fortunat Anhorn, aos funcionários do Café Lamas, aos vizinhos e às vizinhas da Vila Angelina (Catete), aos amigos e às amigas que ficaram em Cabo Verde, aos amigos e às amigas do Lycée Molière, aos amigos e às amigas do Peixe Urbano.

E, claro, muito obrigado a você que curtiu, comentou e compartilhou meus guardanapos nas mídias sociais. Sem cada um de vocês, este livro não sairia do mundo on-line.

Com certeza esqueci alguém. Nesse caso, desculpa ;-)

PROJETO GRÁFICO
Mariana Newlands

REPRODUÇÃO FOTOGRÁFICA
Thales Leite

CAPA
Raphael Pacanowski

IMAGEM DE CAPA
Pedro Gabriel

FOTO DO AUTOR
Leo Aversa

CRÉDITO DAS IMAGENS
p.26: fotografia © Christer Strömholm; pp.28-29: fotografia © Mariana Newlands; pp.48-49, 80-81: fotografias © Raphael Pacanowski; pp.50-51: fotografia © Mihai Blanaru/Dreamstime; pp.54-55, 106-107, 114-117, 122-123, 136-137: fotografias © Maíra Gabriel; pp.78-79, 82-83, 170-171, 182-187: fotografias © Thales Leite; pp.84-85: fotografia © Hong Chan/Dreamstime; p.86: fotografia © Ola Lundkvist/Dreamstime; pp.124-125: fotografia © Heintje Joseph Lee/Dreamstime; pp.140-141: fotografia © Pedro Gabriel.

CIP-BRASIL. CATALOGAÇÃO NA PUBLICAÇÃO
SINDICATO NACIONAL DOS EDITORES DE LIVROS, RJ

G117e

Gabriel, Pedro

Eu me chamo Antônio / texto e ilustração Pedro Gabriel. - 1. ed. - Rio de Janeiro : Intrínseca, 2013.

192 p. : il. ; 18 cm.

ISBN 978-85-8057-435-7

1. Ficção brasileira. I. Título.

13-05582 CDD: 869.93

CDU: 869.134.3(81)-3

[2013]

Editora Intrínseca Ltda.
Rua Marquês de São Vicente, 99, 3º andar
22451-041 – Gávea
Rio de Janeiro – RJ
Tel./Fax: (21) 3206-7400
www.intrinseca.com.br

Olá, deixei esse guardanapo em branco especialmente para você. Que tal soltar a imaginação e escrever uma frase ou fazer uma ilustração? Ah, e não se esqueça de colocar o seu nome! Depois, é só fotografar e publicar no Facebook, Twitter e/ou no Instagram com a hashtag #livrodoantônio. Vou adorar ver a sua criação!

www.intrinseca.com.br/site

www.facebook.com/EditoraIntrinseca

www.twitter.com/intrinseca

EU
ME
CHAMO

1ª edição NOVEMBRO DE 2013
reimpressão NOVEMBRO DE 2014
impressão GEOGRÁFICA
papel de miolo PAPERFECT 120G/M²
papel de capa CARTÃO SUPREMO ALTA ALVURA 250G/M²
tipografia TRADE GOTHIC